I0784064

alas de Piposo

estefanía díaz

Preparados para volar
hasta un misterioso jardín

Más allá de las nubes...

Escondido en las profundidades de un oscuro cañón, se encuentra
un lugar lúgubre y descolorido, que se ha mantenido aislado
del mundo por una muralla de acantilados.

Un riachuelo de frías aguas se arrastra como serpiente
atravesando el cañón, esquivando las torres de piedras
que oscilan en cámara lenta como si fueran malabaristas.

No se ve vida por ninguna parte, solo rocas.

En el fondo del sombrío cañón, si buscas con lupa,
encontrarás una pequeña comarca de habitantes
gordos y peludos; una comunidad de osos
que solo piensan en comer y en dormir.

Durante el verano hacen un gran festín
donde ingieren sin parar toneladas de pescado
recién sacado del río. Tragan hasta inflar
sus panzas como globos a punto de estallar.

Pero en invierno un intenso frío envuelve todo,
dejando a su paso una comarca fantasma.
Los osos desaparecen para dormir por una
larga temporada. Hibernan en las cuevas
del acantilado emitiendo ronquidos que retumban
como camiones estropeados.

Cuando el frío desaparece, se despiertan muy
hambrientos, preparados para un nuevo festín.

En esta comarca vive Piposo, un excéntrico oso blanco diferente
de todos los demás; primero, porque no duerme en una cueva sino
en una sofisticada carpa con calefacción, pues es un oso friolero,
y segundo, porque en lugar de estar panza arriba todo el día,
aprovecha para garabatear complicados artefactos.

De pequeño ya era un osito soñador. Deseaba con todas
sus fuerzas volar como un pájaro sobre los acantilados.
En lugar de moverse en cuatro patas como los demás,
Piposo imaginaba que sus patas delanteras eran alas,
y con sus "alas imaginarias" extendidas, sentía
que volaba como avioncito por toda la comarca.

Pasó el tiempo y Piposo se convirtió en un gran oso,
a medida que crecía, su excentricidad crecía con él.
Su sueño de volar seguía vivo, admiraba las águilas
que volaban sobre la comarca y quería diseñar
un artefacto para acompañarlas.

Estaba convencido de que
"no era necesario nacer con alas
para poder volar".

Todos los días aparecía
con un nuevo invento,
convencido de que
despegaría y volaría por los aires.

Pero hasta ahora solo había logrado elevarse unos pocos metros
para caer descuajeringado panza arriba frente a los demás osos,
que se reían hasta acalambrárseles la panza.

Piposo era el hazmerreír de la comarca,
pero las burlas le resbalaban como
mantequilla en sartén. Tenía un inmenso
cuerpo relleno de optimismo, y cada vez
que caía despatarrado frente a todos,
se levantaba listo para volver a comenzar.

Un día, después de muchos garabatos, construyó su obra maestra:
un sofisticado aparato volador con un mecanismo desplegable.
Consistía en alas, como de libélula gigante, grandes para
soportar su peso, pero livianas para ondularse con el viento.
Era un aparato magnífico; lo llamó: "alas imaginarias",
en honor al recuerdo de cuando era tan solo un pequeño osito
con muchas ganas de volar.

Los inventos anteriores fracasaban al tratar de elevarse
desde el suelo, por lo que esta vez despegaría desde lo alto.
Las "alas imaginarias" estaban diseñadas para aprovechar
las corrientes de aire que se forman entre los cañones;
el viento las mantendría planeando sin esfuerzo como
una cometa, sería como hacer surf sobre las nubes.

Era un buen plan porque esas corrientes son fuertes,
así que cargar al gordo de Piposo no sería problema.
Pero, como ocurre con todo plan maestro, había una
pequeña dificultad, pues para despegar desde lo alto
el ingenioso inventor debía escalar la empinada montaña
de rocas con sus "alas imaginarias" a cuestas.

Entusiasmado, Piposo cerró su carpa y empacó
su preciado invento en una mochila.

Emprendería un viaje cuesta arriba
por un empinado camino de piedras
para alcanzar una cima desconocida.

No pintaba fácil, pero el optimismo de Piposo
brillaba tanto que deslumbraba al miedo.

Se paró frente a la intimidante montaña,
listo para enfrentar el desafío de la naturaleza.
Era tan alta que al mirar para arriba
buscando la cima cayó acostado panza arriba
sin lograr divisarla. Como siempre, se levantó
con una sonrisa que iluminó el día,
pues cuando Piposo sonreía
la panza le brillaba como una bombilla.

Respiró profundamente,
llenando sus pulmones de fortaleza,
y con las "alas imaginarias" a la espalda
se lanzó montaña arriba.

Pensó que sería difícil,
pero nunca imaginó cuánto.
Las piedras eran lisas, como
talladas por un escultor.
A cada paso que daba resbalaba
y quedaba colgado por una garra.

Sentía la mochila muy pesada,
era como cargar el mundo
a sus espaldas. La angustia
le hacía creer que la montaña
crecía ante sus ojos alejando
la cima cada vez más.

Pero Piposo se animaba
con pensamientos positivos
que le daban energías para avanzar.
Se imaginaba alcanzando la cima,
y hasta podía sentir la refrescante
brisa sobre su cara.

Prendido de la inmensa montaña como una hormiga a un elefante,
logró pasar el día. Al caer el sol, suspiró pensando que lo peor
ya había pasado. Pero Piposo no sabía que en las alturas
las noches eran más frías. Con la nariz como cubito de hielo,
anhelaba su carpa calentita donde ahora estaría roncando.

El frío era cada vez más intenso y estaba acompañado
de oscuridad. Su pelaje grueso como un edredón lo ayudó
para no acabar como escultura de hielo.

Piedra a piedra avanzaba a tientas, y así, prendido de la montaña,
aguantó hasta el amanecer.

Al salir el sol, Piposo suspiró esperanzado por el calorcito.
"Ahora sí, lo difícil ya pasó" pensó, y continuó escalando.
Pero al mediodía el sol se incendió, ardía como una bola de fuego
que le quemaba hasta las pestañas. Su grueso pelaje le hacía sentir
como si llevara un abrigo de invierno en pleno desierto.
¡Comenzaba a oler a oso rostizado!

No podía avanzar, ya no tenía energía ni para animarse
con un pensamiento más. Vencido ante la injusta montaña
que lo retaba sin piedad, susurró: Me rindooo...

De pronto, como por arte de magia, apareció un misterioso
pajarito de brillantes colores que se le acercó a la nariz.
Piposo nunca había visto un pajarito tan bonito, pues entre
los cañones solo habitaban grandes pájaros descoloridos, así
que asumió que era una alucinación. Pero, aunque parpadeaba,
la misteriosa aparición proseguía aleteando frente a él.

Sus ojos empañados por el sudor, lograron divisar que el pajarito
llevaba en el pico una flor. Se acercó a Piposo empinándola
como una copa y le dio a beber un misterioso brebaje.
Cada gota que se deslizaba por su garganta, el sediento oso
la absorbía como una esponja. Era un delicioso almíbar
que lo hidrató dejándolo como nuevo.

Luego el pajarito, entre destellos, desapareció.

Piposo estaba revitalizado, y lo que antes escalaba con esfuerzo ahora lo subía con la facilidad de un gato trepando a un árbol.

La ansiada cima estaba a la vuelta de la esquina y, finalmente, Piposo, el oso más optimista del mundo, conquistó la montaña.

¡Lo logrééé! eeeeeeee... ...gggggggg eeeeeeee...

Fue el profundo gruñido que llenó el acantilado repetidas veces con el eco de su voz. Estaba en la cima del mundo, tocando las nubes e inhalando un refrescante aire lleno de satisfacción.

Feliz por haber superado el reto, se dirigió
a desempacar cuidadosamente su preciado invento.
Pero algo terrible sucedió...
                        ...al desplegar sus "alas imaginarias"
descubrió, aterrorizado, que durante la escalada
una parte de su obra maestra había caído al vacío,
y ahora no podría volar.

El pánico lo envolvió. Piposo cayó derrotado
en un túnel de pesimismo. Un remolino de
imágenes caóticas giraban en su cabeza
como película de terror:

Águilas volaban en picada
como proyectiles para atacarlo
a picotazos...
              ...Un agujero de
arena movediza tragaba su carpa,
dejándolo sin hogar...
              ...La montaña se desplomaba
como un terremoto de rocas
gigantes cubriendo la comarca...

¡No es justo!

Exclamó Piposo con un gruñido desgarrador.
—Hice un gran esfuerzo para alcanzar la cima
y todo ha sido en vano. Ahora nunca podré volar.
Gruesos lagrimones rodaban por sus mejillas.

Este era el momento donde generalmente Piposo, el oso más optimista del mundo,

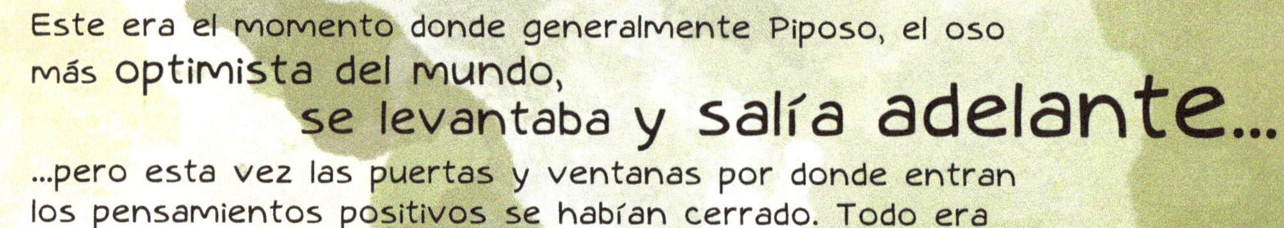

se levantaba y salía adelante...

...pero esta vez las puertas y ventanas por donde entran los pensamientos positivos se habían cerrado. Todo era oscuridad en su interior. Con el espíritu derrotado, Piposo cayó desparramado como un costal, panza al suelo y con la cabeza colgando del precipicio. De esta, Piposo no se volvería a levantar.

Pero no contábamos con que lo positivo de tener un cuerpo
tan grande es que le cabe mucho optimismo. Así que, después
de un rato de lamentos y gemidos, Piposo se levantó de
un tirón, inflándose como un saltarín,

zzzuuiiiiiiPPP...

—No me rendí cuesta arriba en lo más empinado de la montaña,
menos lo haré ahora en la cima —dijo Piposo, y una vez más
el optimismo brotó de él como un manantial, llenándolo de energía.

En seguida, cosas buenas comenzaron a suceder. Nuevamente
apareció el misterioso pajarito que le había salvado la vida. Piposo,
sin pensarlo, lo siguió. Corrió desenfrenado tras el rastro brillante
que soltaba al volar. Era una carrera de obstáculos, tenía que
ir saltando rocas y esquivando agujeros para no perderlo de vista.

Corrieron en un intenso rally hasta que el pajarito se detuvo.
Entonces Piposo notó que se encontraba en un lugar fantástico,
en el medio de un misterioso jardín lleno de flores y racimos de
frutas que se mecían en las ramas soltando deliciosos aromas.
Los sentidos no le alcanzaban para absorber todo lo que veía
a su alrededor. Maravillado, caminaba siguiendo al colibrí que se
confundía entre los pétalos, bebiendo néctar de flor en flor.
No se explicaba cómo habían llegado a este paraíso de colores,
tan diferente del entorno descolorido al que estaba acostumbrado.

Caminó siguiendo al colibrí hasta llegar a una cueva mohosa y oscura que desentonaba con el resto del jardín. Piposo se asomó y un escalofrío recorrió su peluda piel. Era un agujero salido de una pesadilla, pero el colibrí entró sin vacilar. Piposo, con los ojos abiertos como platos, solo divisaba tenebrosas sombras de bejucos balanceándose como culebras. El miedo lo paralizaba, inmovilizándolo como estatua, pero debía avanzar, pues el pajarito se internaba cada vez más.

En el fondo de la cueva había una poza de aguas turbias, de donde podría emerger un horripilante monstruo. Pero en lugar de eso, flotando sobre la superficie, se encontraba una maravillosa flor. Sus delicados pétalos eran blancos como un abanico de rayos de luna. Era increíble que en el lugar más feo del jardín, se encontrara la más bella flor.

Detrás, iluminada por los pétalos, estaba una graciosa niña de cabello rizado. Ella limpiaba delicadamente la flor, como si fuera de cristal.

¡Bienvenido al jardín, amigo de peluche gigante!

Al ver a Piposo, la niña se lanzó sobre él en un efusivo abrazo,
con sus esponjosos rizos saltando como resortes. De sus ojos
salían chispas de felicidad y sus chapitas rosas enmarcaban
una gran sonrisa.

—Este es "el corazón del jardín", donde nace el manantial
que le da vida a todo —le explicó la niña emocionada.

—Hola, soy Piposo, un oso inventor —se presentó
el amigo de peluche con una brillante sonrisa que iluminó
su panza—. Vivo en la comarca al pie de esta montaña
y he recorrido un empinado camino para alcanzar
la cima y poder despegar, pero mis alas se dañaron
y ya no podré volar —le contó apagando su alegría.

—No te desanimes, Piposo —respondió la niña de los ojos
chispeantes—. Si fuiste capaz de encontrar un jardín en donde
solo se veían rocas, estoy segura de que puedes volar.

Animado por las palabras de la niña, Piposo sintió
mariposas de felicidad revoloteando entre su panza,
y su sueño de volar se volvió a reavivar.

La niña era una gotita de lluvia que refrescaba el jardín.
Era muy pequeña, pero brillaba entre las plantas
como una estrellita. Piposo no entendía cómo una criatura
tan indefensa se encontraba en la cima de la montaña.

—¿Cómo llegaste hasta acá? —le preguntó Piposo.

—Este es mi hogar —le respondió la niña—. Vivo acá y cuido
del jardín para que esté frondoso cuando vienen visitas.

—¿Visitas? —exclamó Piposo, asombrado—. Pensaba que
yo era el único suficientemente loco para escalar la montaña.

—No siempre debes escalar una montaña para encontrar
un jardín —le explicó la niña—. El jardín está escondido a simple vista
y lo encuentras cuando eres perseverante y crees en las cosas,
aunque tus ojos no las puedan ver. Nunca es fácil llegar,
pero cuando lo logras habrás encontrado un paraíso.

Con las alas rotas no podía ir a ningún lugar,
y había mucho trabajo que hacer en el jardín.
Así que la niña se dedicó a enseñarle a Piposo
la vida de jardinero, algo que parecía muy fácil
pero que requería de una gran dedicación.

Para comenzar, le entregó a Piposo una semilla
para que pudiera sembrar su primera planta.

La niña le explicaba:

—Una planta es muy delicada
y debes cuidarla todos los días, nutriéndola
con granitos de cariño y regándola
con abundantes gotitas de amor.

—Además, la planta está viva,
puedes hablar con ella —le dijo
la niña. Así que Piposo la entretenía
contándole graciosas anécdotas
de sus múltiples intentos de volar,
con las que él mismo acababa
panza arriba atacado de risa.

Piposo seguía con empeño el aprendizaje
para convertirse en jardinero.

Todos los días cuidó la semilla, hasta que germinó,
y de ella brotó una pequeña raíz. Luego esperó
pacientemente que creciera y salieran
sus primeras hojas. Continuó la espera y gracias
a su dedicación finalmente la planta floreció.

Descubrió que aunque una semilla parecía insignificante
ante el frondoso jardín, el jardín no existiría
sin cada una de esas semillas.

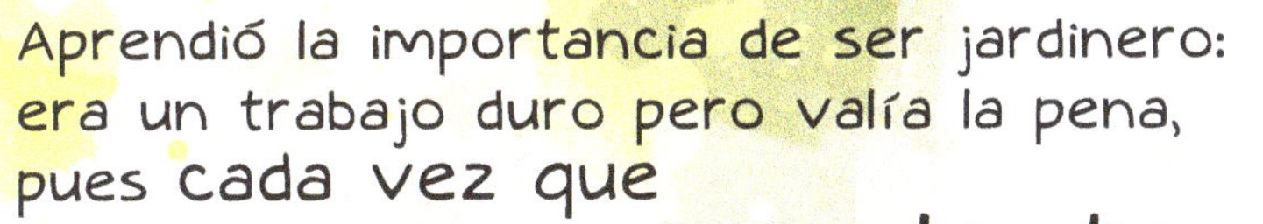

Aprendió la importancia de ser jardinero:
era un trabajo duro pero valía la pena,
pues cada vez que

una planta
florecía...

...su corazón
daba saltos
de alegría.

Por las tardes, después del arduo trabajo
y embarrados de tierra hasta la nariz,
soltaban las herramientas y disfrutaban del jardín:

Nadaban en el remanso de un riachuelo
entre lirios que flotaban a su alrededor,

descansaban panza arriba a la sombra de
sauces llorones, abanicados por sus hojas.

Paseaban por un sendero de arbustos
salpicado de mariposas,
terminando debajo de un arco de rosas,
que los bañaba con una lluvia
aromática de pétalos.

Piposo y la niña pasaban días
maravillosos en el jardín.

Adaptado a la naturaleza, Piposo utilizó el entorno a su favor.
Por las noches, bajo la luz de las luciérnagas, reparaba
sus "alas imaginarias" aprovechando los elementos
que le proporcionaba el jardín. Utilizaba bejucos de la cueva
como cuerdas para amarrar las partes sueltas, pues son
muy resistentes. Ponía parches a las alas entrelazando hojas
de plátano, que son flexibles y pueden ondearse con el viento,
y hasta las pepitas de las frutas le servían como engranajes,
para los ejes móviles de las alas.

Animado, avanzaba con los arreglos mientras
en el jardín todos los días brotaba una nueva flor.
Fueron muchos los nacimientos de plantas
que presenció Piposo, hasta que un buen día
terminó de reparar sus alas.

Piposo sentía una extraña mezcla de sensaciones.
Por un lado, una intensa alegría de poder desplegar
sus "alas imaginarias" y volar como tanto había deseado,
pero por otro, una profunda tristeza por marcharse
y dejar atrás a la niña y al jardín.

—No estés triste Piposo —le dijo la niña—.
Ahora eres un jardinero y siempre llevarás
un jardín sembrado en tu corazón.
Tu alegría será el agua que lo riegue y,
cuando sonrías, sabrás que algo acaba
de florecer en tu interior.

Piposo había superado varias dificultades que lo fortalecieron y hasta se había convertido en un importante jardinero. Ahora estaba listo para cumplir su sueño, listo para volar.

Le dio a la niña jardinera un fuerte abrazo de oso, abrochó sus "alas imaginarias" y, desde la cima de la montaña, despegó:

¡Adióóóooooosss!

zzzzoooooooo ooooooossss ...

Resonó el eco de su despedida por todo el acantilado y, por primera vez sobre la comarca, entre las águilas, se vio un oso gigante atravesando los cielos.

Fin

alas de Piposo

Esta es la historia de Piposo, un gran oso blanco relleno de optimismo que vive en una pequeña comarca. Es un excéntrico inventor que sueña con volar. Después de muchos intentos, un día construye su obra maestra, y debe escalar una montaña para probar su aparato volador. Deja la comarca y emprende un empinado camino en una misión que parece imposible. En su travesía se ve envuelto en una fascinante aventura al encontrar un jardín escondido, cuidado por una graciosa jardinera.

Piposo es un oso que nunca se da por vencido, y no se detendrá hasta encontrarse volando entre las nubes. Aunque parezca imposible, algunos dicen que han visto un oso gigante atravesando los cielos.

Esta es una historia para los niños y niñas grandes y pequeños del mundo.
Para todos los que alguna vez han perseguido un sueño,
y para los que han tenido que escalar una montaña para poder volar.

Sigamos llenándonos de historias.
El mundo necesita magia...

www.estefaniadiaz.com

alas de Piposo

ISBN: 978-0-9896171-1-6
Impreso en Estados Unidos de América

OTROS CUENTOS
Neopalzin, una aventura Maya